'Stop! Stop!' gwaeddodd Wncwl Harri, a rhoi naid dros wal y clos.

Gyda chwythiad enfawr stopiodd y lorri, a gwthiodd y gyrrwr ei ben chwyslyd drwy'r ffenest. 'Ydy'r hewl 'ma'n mynd i Wern-las?' galwodd.

'Ydy,' atebodd Wncwl Harri. 'Ond mae'n rhy gul i ti yrru ar hyd-ddi. Rhaid i ti fynd 'nôl, mae arna i ofn.'

'Y Sat-Nav dwl 'na!' snwffiodd y gyrrwr. 'Ar hwnnw mae'r bai am fy ngyrru i ffor' hyn.'

'Dim ots. Dere i mewn am baned,' meddai Anti Gwen yn garedig.

3

Tra oedd y gyrrwr yn yfed ei de, fe aeth Anti Gwen i nôl map a'i daenu dros y bwrdd. Yn wahanol i'r mapiau yn yr atlas oedd gan Mam a Dad yn y car, un o fapiau plŷg yr Arolwg Ordnans oedd hwn.

'Dim ond enwau trefi mawr ac ychydig o bentrefi sy yn yr atlas,' meddai Anti Gwen. 'Mae'r map hwn yn fwy manwl o lawer, ac yn dangos enwau ffermydd. Am y cynta i weld Maes Plwm.'

Roedd Catrin yn gwybod bod Maes Plwm yn ymyl pentref Cefn Llwyd.

''Co Cefn Llwyd,' meddai ar unwaith.

'A 'co Maes Plwm,' gwaeddodd Dafydd, a rhoi ei fys arno.

Tynnodd Catrin ei bys hi ar hyd yr hewl oedd yn mynd heibio'r fferm. 'Mae'r map yn dangos bod yr hewl hon yn gulach na'r un sy'n mynd drwy ganol y pentref,' meddai wrth Anti Gwen.

'Mae'r map yn dangos pob math o bethau,' atebodd Anti Gwen. 'Dwi wrth fy modd yn darllen mapiau.'

'Darllen?' Chwarddodd Dafydd. 'Beth sydd i'w ddarllen?'

Roedd llygaid Anti Gwen yn disgleirio. 'Mae'r map yn dweud pob math o storïau. Mae'n dweud ble mae hewlydd ac afonydd, eglwys a chwrs golff. Mae'n dweud bod pentref Cefn Llwyd yng ngwaelod cwm cul.'

'Dylwn i fod wedi darllen map yn lle dibynnu ar y Sat-Nav,' meddai'r gyrrwr â gwên gam. 'Hwyl! Diolch yn fawr am y te.'

Aeth Anti Gwen a'r plant at y gât, a gwylio Wncwl Harri'n helpu'r gyrrwr i facio'r lorri tuag at y ffordd fawr.

Roedd Wncwl Harri'n taro ochr y lorri ac yn gweiddi 'I'r chwith. I'r chwith!'

'Mae gen i syniad,' meddai Anti Gwen. 'Beth am i chi'ch dau gynllunio taith gerdded i chi a Harri gyda help y map? Fe gewch chi arwain y daith a dweud wrth Harri ble i fynd.'

'Fel Sat-Nav!' meddai Catrin.

'Fel Cat-Daf,' awgrymodd Dafydd, a chwerthin yn uchel am ben ei jôc ei hun.

Tra oedd Anti Gwen ac Wncwl Harri'n rhoi tro am y defaid, eisteddodd Catrin a Dafydd wrth fwrdd y gegin i astudio'r map.

'Dwi am fynd i Wern-las 'run fath â'r lorri,' meddai Dafydd. 'Ond yn lle mynd ar hyd y ffordd fawr fe ddilynwn ni'r llwybrau.'

Aeth Catrin i nôl pren mesur. Ar y map roedd y pellter rhwng Maes Plwm a Wern-las yn mesur 19 centimedr. Yn ôl y raddfa ar waelod y map, roedd 19 centimedr yn cyfateb i tua 3 milltir.

'Ond byddwn ni'n dilyn llwybrau igam-ogam,' meddai Catrin. 'Felly fe fyddwn ni'n cerdded llawer mwy na hynny.'

5

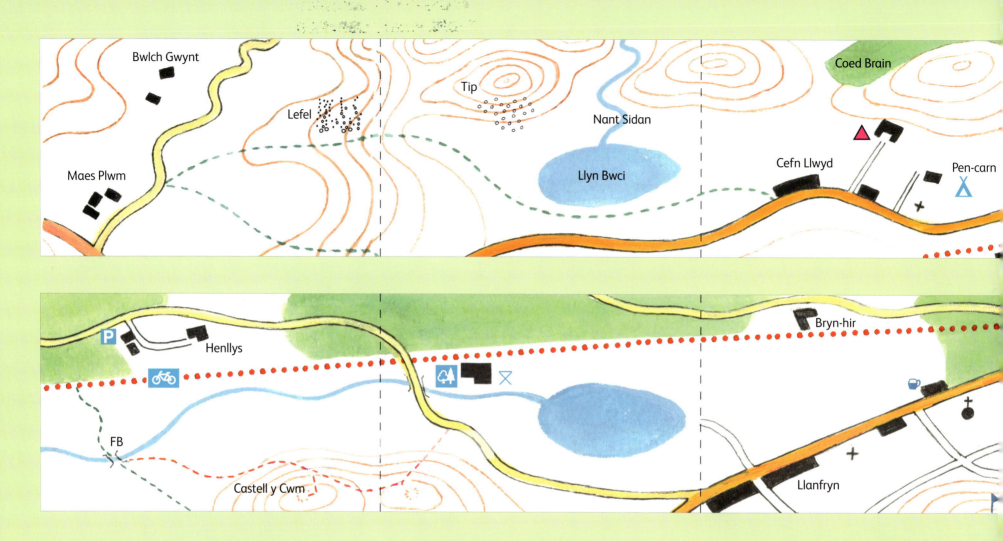

Bwlch Gwynt

Lefel

Maes Plwm

Tip

Nant Sidan

Llyn Bwci

Coed Brain

Cefn Llwyd

Pen-carn

Henllys

Castell y Cwm

FB

Bryn-hir

Llanfryn

Erbyn i Wncwl Harri ac Anti Gwen ddod yn ôl i'r tŷ, roedd Catrin a Dafydd wedi cynllunio taith bob cam i'r dref.

'Bobol bach!' gwaeddodd Wncwl Harri. 'Fyddwn ni ddim adre tan amser swper.'

'Paid â phoeni,' chwarddodd Anti Gwen. 'Fe ddo i i gwrdd â chi yn y car, a dod â Benja gyda fi.'

'Ble mae Benja?' gofynnodd Dafydd. Doedd dim sôn am y ci bach.

'Yn cysgu mewn rhyw gornel gyda lwc,' meddai Wncwl Harri. 'Gad lonydd iddo, neu fe fydd e'n mynnu'n dilyn ni.'

Brysiodd Anti Gwen i bacio tri rycsac. Ym mhob rycsac roedd potel o ddŵr a thocyn. Roedd ffôn symudol ym mag Catrin, camera ym mag Dafydd, ac roedd pâr o finociwlars ar ben rycsac Wncwl Harri.

'Mae'r peth pwysica ar ôl,' meddai Anti Gwen.

'Y map!' meddai Catrin. 'Pwy sy'n mynd i gael y map?'

'Fe lawr-lwythais i gopi arall,' atebodd Anti Gwen yn llon. 'Felly mae un i ti, Cat, ac un i ti, Daf.'

Os trowch chi'n ôl i dudalennau 4 a 5, fe welwch chi fod map Anti Gwen wedi ei rannu'n sgwariau. Mae'r raddfa ar waelod y map yn dangos bod pob sgwâr yn cyfateb i un cilomedr, sef ychydig dros hanner milltir. Ar gefn y map mae rhestr sy'n dangos maint yr hewlydd.

Priffordd

Ffordd eilaidd

Ffordd sy'n lletach na 4 m yn gyffredinol

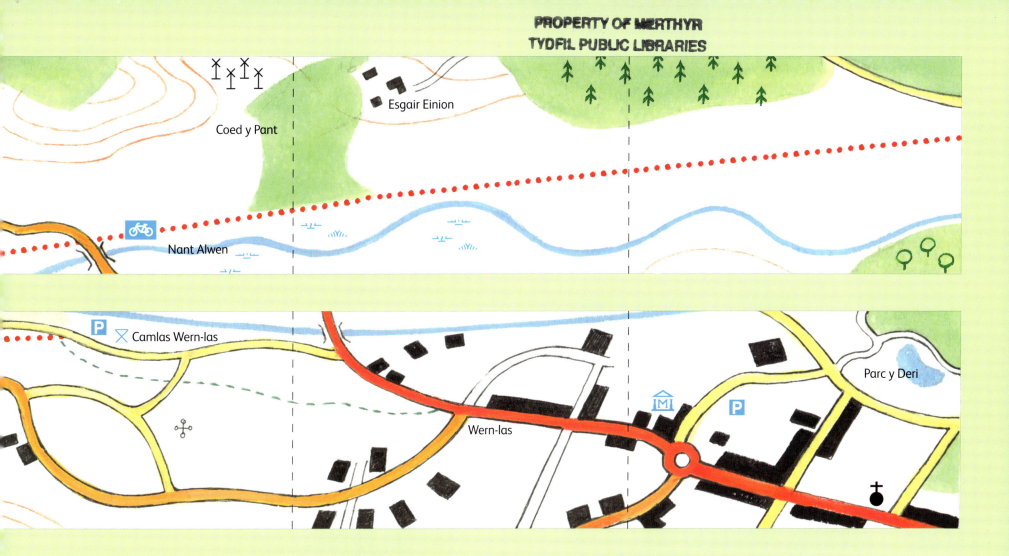

Coed y Pant

Esgair Einion

Nant Alwen

Camlas Wern-las

Wern-las

Parc y Deri

Dyma ddarn o fap Anti Gwen sy'n dangos taith gerdded Catrin a Dafydd. Mae'r daith wedi'i rhannu'n flociau, ac fe welwch chi bob bloc, yn ei dro, ar y tudalennau sy'n dilyn.

Mae'r cwmpawd hwn yn dangos bod y plant yn teithio tua'r dwyrain. Gogledd Dwyrain De Gorllewin – sut mae cofio pwyntiau'r cwmpawd? Mae'r Arolwg Ordnans yn cynnig brawddeg fel hon: 'Goglais gyda'r Dwylo yw'r Dewis Gorau'.

G

Gn — Dn

D

Yn ogystal â geiriau, mae'r map yn defnyddio symbolau. Fe welwch chi rai o'r symbolau hyn ar fap Anti Gwen.

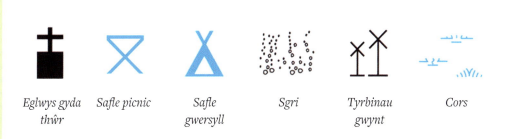

| Eglwys gyda thŵr | Safle picnic | Safle gwersyll | Sgri | Tyrbinau gwynt | Cors |

Cyfuchliniau yw enwau'r cylchoedd oren sy ar y map. Mae'r cyfuchliniau'n cysylltu tir o'r un uchder. Pan fydd y cyfuchliniau'n agos at ei gilydd, mae'r tir yn serth. Pan fyddan nhw'n bellach oddi wrth ei gilydd, mae'r tir yn fwy gwastad.

7

Cododd pawb eu bagiau a chripian yn dawel ar draws y clos, rhag ofn i Benja ddeffro a rhedeg ar eu hôl.

'Cymerwch y tro cynta ar y chwith,' sibrydodd Dafydd yn ei lais Sat-Nav ar ôl cyrraedd y gât.

Chwifion nhw law ar Anti Gwen, a dechrau dringo'r rhiw. Bob ochr i'r hewl gul roedd waliau cerrig, a thu draw i'r waliau roedd defaid Maes Plwm yn pori. Uwch eu pennau cylchai barcud a'i adenydd yn sgleinio yn yr haul.

'Pe bawn i'n farcud, byddwn i'n gallu edrych lawr a gweld y ddaear fel map oddi tana i,' meddai Catrin.

'A phe bai gen ti lygaid barcud,' meddai Wncwl Harri, 'byddet ti'n gallu darllen map o lan fan'na. Mae llygaid arbennig o dda gan adar ysglyfaethus. Dyna sut maen nhw'n gallu gweld anifeiliaid bach ar y llawr.'

Estynnodd Dafydd am y binociwlars. Gyda help y binociwlars roedd e'n gallu gweld mor bell â'r barcud. Ymhellach i fyny'r rhiw, yn lle defaid a phorfa, roedd tomenni o gerrig yn gorwedd ar ochrau'r bryn.

Roedd Catrin a Dafydd yn gyfarwydd iawn â hanes y tomenni. Mwynwr oedd eu hen hen dad-cu. O dan eu traed, yng nghrombil y ddaear, roedd e a channoedd o fwynwyr eraill wedi cloddio am blwm. Bryd hynny câi'r plwm o Gefn Llwyd ei allforio ar draws y byd i wneud paent, pibellau a deunyddiau adeiladu.

Rhedodd Dafydd yn ei flaen. Roedd yr hewl yn dringo'r bryn i gyfeiriad Wern-las, ond trodd Dafydd i'r dde a dilyn y llwybr troed oedd yn mynd heibio'r hen waith mwyn.

Gwyliodd Catrin ei brawd â 'llygaid barcud'. Beth oedd Dafydd wedi'i weld? Gwyliodd e'n gadael y llwybr ac yn dringo ar ei bedwar lan y bryn. Pan gyrhaeddodd e dwll yn y graig, fe drodd tuag ati a gweiddi'n gyffrous, 'Dwi wedi ffeindio ogof sy ddim ar y map!'

Gwenodd Catrin. Nid ogof go iawn oedd hi, ond lefel, sef twnnel i mewn i'r graig. Mwynwyr oedd wedi gwneud y lefel, er mwyn cyrraedd at y plwm.

Roedd barrau dros geg y lefel, rhag ofn i rywun fynd i mewn a chael damwain. Dringodd Catrin at ei brawd. Pwyson nhw'u hwynebau ar y barrau, gweiddi 'Helôôôô!' a chlywed eu lleisiau'n atsain o'r tywyllwch fel lleisiau bwganod.

Mae'r gair 'lefel' ar y map yn dangos safle hen dwnnel oedd yn arwain i mewn i'r gwaith mwyn. Islaw'r twnnel mae'r dotiau llwyd yn dynodi sgri, sef cerrig bach rhydd. Mae'r rhes o linellau gwyrdd yn nodi llwybr troed.

Bwlch Gwynt

Lefel

Maes Plwm

Tynnodd Dafydd ei gamera o'i fag.

'Wyt ti'n mynd i dynnu llun bwgan?' gofynnodd Catrin.

'Falle,' meddai Dafydd yn slei. Ond yn lle gwthio'i gamera drwy'r barrau, fe lithrodd ar ras i lawr y llethr a'r cerrig yn rholio dan ei draed. 'Dwi'n mynd i ddilyn y llwybr at y llyn draw fan'na,' galwodd dros ei ysgwydd.

Disgynnodd Catrin yn fwy gofalus a'i map yn ei llaw. 'Llyn Bwci yw enw'r llyn,' meddai wrth Wncwl Harri. 'Pam Llyn Bwci?'

'Does neb yn siŵr,' cyfaddefodd Wncwl Harri. 'Ond roedd yr hen fwynwyr yn arfer credu bod bwganod yn byw yn y pyllau mwyn. Y Cnocwyr oedd eu henwau. Roedden nhw'n clywed y Cnocwyr yn tap-tapian o dan ddaear, ond welson nhw ddim ...'

'AAAAAA!'

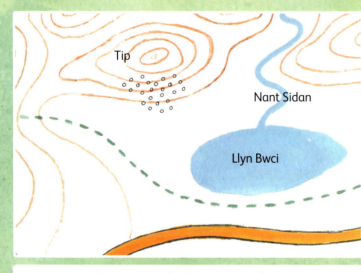

Tomen o rwbel yw'r 'Tip', sef rwbel yr hen waith mwyn. Mae'r cylchoedd bach llwyd yn dangos creigiau rhydd.

Torrodd sgrech ar eu traws. Roedd Dafydd
wedi cyrraedd y llyn ac yn syllu i'r dŵr.
'Bwci!' sgrechiodd, gan neidio'n ôl mewn
braw.

Rhedodd Catrin ato. 'Ble?' galwodd.

'Fan'na,' gwichiodd Dafydd,
a phwyntio'n grynedig.

Closiodd Catrin at y llyn. Roedd y dŵr mor
llonydd a chlir, roedd hi'n gallu gweld y cerrig
brown yn ei waelod. 'Ble?' meddai eto.

Clic!

Trodd Catrin. Roedd ei brawd yn wên
o glust i glust. Estynnodd ei gamera a dangos
y llun roedd e newydd ei dynnu. Llun
o'i hwyneb hi yn gorwedd ar ddŵr y llyn!

'Bwci! Bwci hyll y llyn!' gwaeddodd Dafydd
a dianc nerth ei draed cyn i'w chwaer roi
cwffiad iddo.

Ddihangodd e ddim yn bell. Roedd y llwybr
troed yn arwain tuag at yr hewl fawr, ac
yn sefyll ar yr hewl yn ei wylio roedd criw
o gerddwyr. Pan gododd un o'r dynion ei
gamera a'i anelu ato, sgrialodd Dafydd i stop
a'i wyneb yn goch.

'Dwi ddim wedi dychryn go iawn!' gwichiodd. 'Dim ond esgus o'n i.'

Tro Catrin oedd hi i chwerthin. Tynnu llun y tomenni rwbel oedd y dyn, nid tynnu llun Dafydd.

Aeth Wncwl Harri draw i ddweud helô.

'O ble y'ch chi'n dod?' gofynnodd i'r cerddwyr.

'O Gernyw,' atebon nhw.

'O Gernyw?' meddai Wncwl Harri. 'Roedd llawer o bobl o Gernyw yn arfer byw yn yr ardal hon. Fe ddaethon nhw yma i weithio yn y pyllau mwyn.'

'Do,' atebodd un o'r gwragedd ifanc. 'Roedd fy hen hen dad-cu yn un ohonyn nhw.'

Hen hen dad-cu! Edrychodd Catrin yn gyffrous ar Dafydd. Tybed a oedd hwnnw wedi gweithio gyda'u hen hen dad-cu nhw?

'John Gribbon oedd ei enw,' meddai'r wraig. 'A Jenna Gribbon ydw i.'

'Gribbon?' meddai Wncwl Harri. 'Mae 'na deulu o'r enw Gribbon yn byw ar fferm Bwlch Gwynt, sy tua hanner milltir i'r gorllewin. Dangos ble mae Bwlch Gwynt ar y map, Catrin.'

Roedd tir Bwlch Gwynt yn ffinio â thir Maes Plwm. Dangosodd Catrin y fferm i Jenna.

'Diolch! Mi a' i yno ar unwaith,' meddai Jenna'n eiddgar. 'Falle'n bod ni'n perthyn.'

Aeth Catrin, Dafydd ac Wncwl Harri yn eu blaenau ar hyd y ffordd fawr drwy bentref Cefn Llwyd. Pan oedd eu hen hen dad-cu'n gweithio yn y pyllau mwyn, roedd Cefn Llwyd yn lle prysur, ond erbyn hyn dim ond un rhes o dai oedd ar ôl yn y pentref. Roedd y lleill yn adfeilion ac roedd yr ysgol wedi cau. Ar iard yr hen ysgol safai tryc yn llawn o ganŵod.

'Fan'na mae'r cerddwyr yn aros, siŵr o fod,' meddai Dafydd, gan lygadu'r arwydd 'Hostel Ieuenctid'.

'Neu fan hyn yn y safle gwersyll,' meddai Catrin, a dangos llun pabell ar y map.

Coed Brain

Cefn Llwyd   Pen-carn

Mae'r triongl coch yn dangos safle hostel ieuenctid, a'r babell yn dangos safle gwersyll.

13

Crynodd y map fel adenydd pilipala. Roedd
lorri'n tuchan tuag atyn nhw â llwyth enfawr
o wellt. Hedfanodd cwmwl o ffrwcs drwy'r awyr
a thisiodd Catrin dros y lle.

'Iych!' crawciodd. 'Dewch i ni adael yr hewl
fawr.'

Roedd hi a Dafydd wedi dewis llwybr oedd
yn torri ar draws y caeau. Yn wahanol i'r hewl
droellog roedd y llwybr yn hollol syth.

'Camp i chi ddyfalu pam mae'r llwybr yn
syth,' meddai Wncwl Harri.

'Am mai llwybr beiciau yw e,' meddai Dafydd.

'Ie, ond beth oedd yma cyn hynny?'
gofynnodd Wncwl Harri.

'Hewl Rufeinig,' meddai Catrin ar unwaith.
Roedd hi wedi gweld rhaglen am y Rhufeiniaid
ar y teledu. Roedd y Rhufeiniaid yn enwog am
wneud hewlydd syth iawn.

'Na, nid hewl Rufeinig,' meddai Wncwl Harri.

'Rheilffordd!' gwaeddodd Dafydd.

'Paid...' meddai Catrin. Roedd hi wedi meddwl dweud 'Paid â bod mor ddwl. Fuodd 'na 'rioed stesion fan hyn,' ond fe gaeodd ei cheg yn glep wrth weld Wncwl Harri'n nodio.

'Ie, rheilffordd,' meddai. 'Roedd trên bach yn arfer cario'r mwyn o Gefn Llwyd i'r gamlas yn Wern-las.'

'Dwi wedi bod ar drên bach Ffestiniog,' galwodd Dafydd. 'Roedd hwnnw'n arfer cario llechi o'r chwareli.'

Cododd Catrin garreg o'r llawr. Roedd hi'n ddu ac yn dyllog. Tybed a oedd hi wedi dod o focs tân y trên bach? 'Da-da-dang, da-da-dang, da-da-dang,' sibrydodd, a gwylio'r tyrbinau gwynt yn troi ar ochr y bryn.

Coed y Pant

Nant Alwen

Mae'r rhes o ddotiau coch ar y map yn dangos safle llwybr beicio sy'n rhydd o drafnidiaeth. Mae tyrbinau gwynt i'w gweld ar ael y bryn.

15

Torrodd sŵn cloch ar ei thraws.

Roedd dyn yn pedlo tuag ati, ei gefn yn grwm a'i ên bron â chyffwrdd â chyrn ei feic. Camodd Catrin o'i ffordd a theimlo rhywbeth yn tasgu yn erbyn ei chefn.

Y tu ôl iddi tyfai clwstwr o flodau tal pinc. Safodd Catrin ar flaenau'i thraed a sbecian drostyn nhw ar gae yn llawn o frwyn.

'Be sy'n bod?' gofynnodd Wncwl Harri.

'Taflodd rhywun gerrig bach neu rywbeth ata i,' atebodd Catrin.

'A! Dwi'n gwbod pwy,' meddai Wncwl Harri. 'Jac y neidiwr.'

'Pwy?' meddai Catrin yn syn, a gwylio Wncwl Harri'n estyn ei law tuag at un o'r blodau pinc.

16

'Helô, Jac y neidiwr!' meddai Wncwl Harri, a gwasgu un o'r codau tew oedd yn hongian rhwng y dail. Ar unwaith fe agorodd y goden a phoeri hadau. 'Mae'r codau'n llawn o hadau. Os y'n nhw'n aeddfed, maen nhw'n tasgu i bobman dim ond i ti gyffwrdd â nhw.'

'Helô, Jac y neidiwr!' Gwasgodd Dafydd a Catrin un goden dew ar ôl y llall a chael hwyl yn gwylio'r hadau'n hedfan i bobman.

Casglodd Catrin rai o'r hadau. 'Dwi'n mynd i blannu'r rhain yn ein gardd ni gartre,' meddai.

'O na, paid!' meddai Wncwl Harri. 'Bydd dy fam a dy dad o'u co. Mae Jac y neidiwr yn bla. Mae'n tyfu dros bobman ac yn lladd planhigion eraill.'

'O-o!' meddai Catrin. Gollyngodd yr hadau ar lawr a rhedeg i ddal ei brawd.

Esgair Einion

Mae twmpathau bach glas yn ymyl y nant yn dangos bod y tir yn gorslyd. Mae'r cyfuchliniau'n bellach oddi wrth ei gilydd, sy'n golygu bod y bryn yn llai serth na'r un uwchben fferm Maes Plwm.

Ar y ffordd fe sylwodd ar rywbeth yn cyhwfan ar ben y bryn.

'Dafydd!' gwaeddodd. 'Edrych!'

Roedd Dafydd yn swatio yn y clawdd a'r camera yn ei law. 'Catriiiiin!' protestiodd a gwylio pryfyn hir glas yn dianc dros y ffens. 'O'n i'n tynnu llun mursen a nawr rwyt ti wedi'i dychryn hi i ffwrdd.'

'Ie, ond edrych ar y fursen enfawr sy lan fan'na!' chwarddodd Catrin.

Cododd Dafydd ei ben. 'Waw! Paragleider!' sibrydodd.

Roedd y paragleider yn hwylio'n esmwyth i lawr dros y coed pîn. Chwifiodd Catrin a Dafydd eu dwylo a daeth y paragleider i gylchu uwch eu pennau. 'Helô!' galwodd y wraig ifanc oedd yn eistedd o dan y cynfas coch a melyn. Daliodd ati i gylchu er mwyn i Dafydd gael tynnu llun ar ôl llun, yna fe gododd ei llaw, a hedfan i lawr y cwm.

'Roedd honna'n fursen gwerth chweil,' meddai Catrin.

'Mursen?' gofynnodd Wncwl Harri'n ddryslyd. 'Beth yn union yw mursen?'

Chwarddodd Catrin a dangos y pryfyn glas oedd wedi glanio ar ddeilen yn ymyl y ffens.

'Gwas y neidr yw hwnna!' meddai Wncwl Harri.

'Nage.' Gwenodd Catrin a Dafydd ar ei gilydd. Roedd y ddau'n perthyn i Glwb Natur yr ysgol, ac am unwaith roedden nhw'n gwybod mwy nag Wncwl Harri.

'Mae mursen a gwas y neidr yn debyg, ond dy'n nhw ddim yn union 'run fath,' meddai Catrin.

'Pan fydd mursen yn gorffwys, mae hi'n cau ei hadenydd,' eglurodd Dafydd. 'Mae gwas y neidr yn cadw'i adenydd ar led. Ac mae e'n hedfan yn fwy cyflym.'

'Ond mae'r ddau ohonyn nhw'n dodwy eu hwyau yn y dŵr,' meddai Catrin, gan anelu am y gât wrth ymyl y llwybr.

Mae coed yn gorchuddio'r bryniau erbyn hyn.
Mae'r symbolau'n dangos mai coed conwydd sy'n tyfu ar y bryn tua'r gogledd. I'r de mae coed di-gôn.

Y tu draw i'r gât roedd pompren yn croesi'r nant.

Wrth iddyn nhw gamu ar y bompren, fe wibiodd pryfyn hir sgleiniog heibio'u trwynau a glanio ar garreg a'i adenydd ar led.

'Gwas y neidr!' galwodd Dafydd. 'Edrych, Wncwl Harri.'

'Wel, dwi wedi dysgu rhywbeth heddi,' meddai Wncwl Harri, gan estyn am ei botel ddŵr a chymryd llwnc.

Twriodd Dafydd am ei botel, a chlywed arogl brechdanau caws yn codi o'i rycsac. 'Dwi eisiau bwyd,' meddai.

'A fi,' meddai Catrin. 'Dewch i ni fwyta'n picnic wrth y castell.' Yn ôl y map roedd y castell led cae i ffwrdd, a llwybr yn arwain tuag ato.

Brysiodd Catrin at gât y cae, ac edrych drosti. 'Alla i ddim gweld castell,' meddai'n siomedig. 'Mae'r map yn anghywir.'

'Na, na. Dyw e ddim.' Pwyntiodd Wncwl Harri at dwmpath yn y gornel bella. ''Co'r castell draw fan'na. Castell y Cwm.'

'Hwnna?' gwichiodd Catrin. 'Y twmpath 'na yw'r castell?'

'Ganrifoedd yn ôl roedd 'na gastell pren yn sefyll ar ben y twmpath,' meddai Wncwl Harri. 'Un o gestyll y Normaniaid oedd e.'

'Normaniaid? Dwi'n ymosod!' gwaeddodd Dafydd, a charlamu ar draws y cae.

Wrth i Catrin ei ddilyn, fe ganodd ei ffôn.

'Catrin?' meddai llais Anti Gwen. 'Ydy Benja gyda chi?'

'Na,' atebodd Catrin. 'O'n i'n meddwl ei fod e gyda ti.'

'Hm!' meddai Anti Gwen. 'Dyw e ddim yma. Mae'n cysgu yn rhywle, siŵr o fod. Ble y'ch chi?'

Trodd Catrin y ffôn i gyfeiriad Dafydd.

Roedd Dafydd yn sefyll o flaen y twmpath, yn gweiddi 'Fi yw brenin y castell!'

'O.' Chwarddodd Anti Gwen. 'Ffonia pan fyddwch chi bron â chyrraedd Wern-las. Hwyl!'

'Hwyl!' Dododd Catrin y ffôn yn ei bag ac estyn am ei thocyn a'i map.

Mae'r llythrennau FB yn dangos safle'r bompren. Yn arwain o'r bompren mae llwybr gwyrdd a llwybr coch. Mae'r llwybr gwyrdd yn dynodi llwybr troed swyddogol, a'r llwybr coch yn dynodi llwybr troed drwy ganiatâd perchennog y tir. Mae'r llwybr coch yn arwain at y castell.

Henllys

FB

Castell y Cwm

21

Swatiodd Catrin ar y glaswellt a'r map ar ei glin. Tra oedd hi'n bwyta, fe astudiodd y llwybr roedd hi a Dafydd wedi'i farcio. Roedd y llwybr yn dilyn hewl gul tuag at yr afon, ac yna'n troi i'r dde ar ôl mynd heibio'r ganolfan ymwelwyr.

Wrth iddi godi'i phen i edrych am y llwybr go iawn, fe glywodd hi Dafydd yn gwneud sŵn rhyfedd. Roedd e'n sboncio yn ei unfan, ei geg yn llawn brechdan, ac yn pwyntio at y bryn gyferbyn.

'Tân!' ebychodd Wncwl Harri. Roedd colofn denau o fwg yn codi o'r coed ger copa'r bryn. 'Dere â'r ffôn, Catrin!'

Estynnodd Catrin y ffôn, neidio ar ei thraed a gwrando ar Wncwl Harri'n siarad â'r gwasanaethau brys. Siaradodd e ddim am hir.

'Roedd rhywun arall wedi ffonio cyn fi,' eglurodd a rhoi'r ffôn yn ôl iddi. 'Mae hofrennydd ar ei ffordd.'

'Mae e'n dod!' meddai Catrin yn gyffrous.

'Ond mae e'n mynd y ffordd anghywir!' llefodd Dafydd. 'Mae e'n dod tuag aton ni!'

Ar y map mae symbolau sy'n dynodi Canolfan Ymwelwyr Comisiwn Coedwigaeth a safle picnic.

Edrychodd Catrin ar ei map. Roedd llyn yn y cae nesa.

'Dewch!' gwaeddodd, a rhedeg tuag at y gât.

Erbyn iddi hi a Dafydd ac Wncwl Harri gyrraedd y gât, roedd yr hofrennydd yn hedfan yn isel dros y llyn gan lusgo bwced drwy'r dŵr. Chwyrnellodd yn ôl tuag at y coed a gollwng y dŵr ar y tân. Chwyrlïodd cawod o wreichion drwy'r awyr las.

Daeth yr hofrennydd yn ôl am yr eildro. Erbyn hyn roedd ceir wedi stopio ar yr hewl a'u gyrwyr yn tynnu lluniau â'u ffonau symudol. Cododd Dafydd ei gamera a dechrau clician hefyd. Erbyn i'r hofrennydd fynd at y llyn am y degfed tro, roedd Dafydd wedi tynnu ugeiniau o luniau, a'r tân wedi diffodd.

'Lwcus bod rhywun wedi ffonio'n ddigon buan i achub y goedwig,' meddai Wncwl Harri.

'Falle mai'r paragleidiwr wnaeth,' awgrymodd Dafydd.

'Ond allwn ni ddim mentro mynd yn agos i'r coed nawr,' meddai Catrin, ac ailedrych ar ei map. 'Ble awn ni nesa?'

23

'Awn ni'n ôl at yr hewl fawr,' penderfynodd Dafydd.

Trodd pawb i'r dde a cherdded ar hyd y lôn gul nes cyrraedd croesffordd. Yn eu hwynebu, roedd dwy res o dai cerrig. Tu ôl i'r rhes ar y dde safai sgerbydau tai newydd.

Edrychodd Dafydd ar ei fap. 'Pam mae baner fan hyn?' gofynnodd gan roi'i fys arni. 'Ydy hi'n dangos bod tai newydd yn cael eu codi?'

'Na,' atebodd Wncwl Harri. 'Os edrychi di'n ofalus ar y cyfuchliniau, fe weli di fod y faner ar ben y bryn.'

'Dwi'n gwbod! Mae cwrs golff ar ben y bryn,' meddai Catrin, a oedd newydd weld yr arwydd ar y groesffordd.

'Aaaa! Mae pêl golff wedi 'nharo i!' sgrechiodd Dafydd, gan esgus disgyn i'r clawdd.

'Fe allai hynny ddigwydd,' meddai Wncwl Harri. 'Gwylia di! Mae'r bobl sy'n byw ar fferm Bryn-hir yr ochr draw i'r dyffryn wedi darganfod peli yn eu caeau.'

'Wir?' meddai Dafydd yn syn. 'Na, dyw hynna ddim yn wir,' wfftiodd. 'Allai neb daro pêl mor bell â'r fferm!'

Ar y bryn mae baner sy'n dynodi'r cwrs golff. Llun gwydr sy'n dangos lleoliad y dafarn. Mae'r sgwâr bach â chroes ar ei ben yn dynodi eglwys â thŵr. Yng nghanol y pentref mae croes sy'n dynodi lle addoliad heb dŵr, sef y capel.

'Rwyt ti'n iawn,' meddai Wncwl Harri. 'Mae'r ffermwr yn dyfalu mai adar mawr sy'n eu cario nhw. Maen nhw'n meddwl mai wyau yw'r peli.'

'WWWWWAW!' Cydiodd Dafydd yn dynnach yn ei gamera ac edrych i'r awyr wrth droi i'r chwith a cherdded ar hyd yr hewl tuag at Dafarn y Mwynwyr. Petai e ond yn gallu tynnu llun aderyn â phêl yn ei big. Am sgŵp!

Ond doedd 'na 'run aderyn mawr yn hedfan ar draws y dyffryn.

'Tynna hwnna yn lle,' meddai Wncwl Harri, a dangos y ceiliog gwynt yn disgleirio ar dŵr yr eglwys. Roedd e'n pwyntio tua'r dwyrain, ac yn sefyll yn hollol lonydd.

'Mae'r ceiliog yn dweud wrthon ni pa ffordd i fynd,' meddai Catrin gan anelu am y lôn gyferbyn. Ar ôl astudio'r map, roedd hi'n gwybod bod rhywbeth diddorol hanner ffordd i lawr y lôn.

Croesodd pawb yr hewl, a thra oedd Dafydd ac Wncwl Harri'n edrych ar hen nyth aderyn, fe frysiodd Catrin yn ei blaen. Daeth i fforch yn y lôn a throi i'r chwith. Roedd hanner dwsin o bobl yn cloddio ffos y tu draw i'r clawdd.

'Archaeolegwyr!' meddai Catrin yn falch. Roedd y groes ar y map wedi dweud wrthi bod safle hen adeilad yn y cae. Anelodd yn sionc am y gât a gweld dyn yn codi'i law. Roedd hi'n mynd i chwifio'n ôl, pan sylweddolodd mai chwifio'i ddwrn oedd y dyn. 'Shw!' gwaeddodd.

Trodd Catrin ar ei hunion a rhedeg at Wncwl Harri a Dafydd. Y tu ôl iddi tasgodd bwndel blewog du a gwyn o dan y gât gan udo'n drist.

Benja oedd yno!

Rhedodd y ci bach i lawr y lôn a hyrddio'i hun i freichiau Wncwl Harri.

Daeth y dyn at y gât. 'Dylech chi gadw'ch ci o dan reolaeth!' arthiodd. 'Rydyn ni'n gwneud gwaith archaeolegol pwysig.'

'Ond dwi ddim yn deall,' meddai Wncwl Harri'n syn. 'Fe adawon ni Benja gartre yng Nghefn llwyd. Sut daeth e fan hyn?'

Cododd yr archaeolegydd ei ysgwyddau. 'Wn i ddim,' snwffiodd. 'Ond mae wedi bod yn crwydro o gwmpas ers rhyw hanner awr, yn dwyt ti, 'ngwas i?'

Tynerodd ei lais ac estynnodd ei law i anwesu'r ci bach ofnus. 'Mae'n ddrwg gen i 'mod i wedi gweiddi,' meddai, 'ond o'n i'n poeni am y gloddfa. Dewch draw i'w gweld hi.'

Mae'r groes sy ar y map yn dangos safle heneb. Mae'r llwybr beicio y bu'r plant yn ei ddilyn yn gynharach yn dod i ben yn ymyl man parcio a safle picnic. Mae llwybr troed yn arwain o'r fan honno i Wern-las. Mae'r gamlas tua'r gogledd.

Aeth y dyn â nhw draw at y ffos. Roedd y ffos ar siâp seiliau tŷ. Ynddi roedd pobl yn cribinio drwy'r pridd.

'Gannoedd o flynyddoedd yn ôl roedd Rhufeiniaid yn byw fan hyn,' meddai'r dyn. 'Fe chwalodd eu cartref a diflannu o dan y pridd. Wydden ni ddim ei fod yno tan bum mlynedd yn ôl, pan dynnwyd y llun hwn.' Cododd y dyn waled blastig a dangos llun o'r cae wedi ei dynnu o'r awyr. Roedd llinellau gwelw'n dangos siâp adeilad. 'Dim ond o'r awyr fedrwch chi weld y llinellau hyn,' meddai.

'Sut y'ch chi'n gwbod mai tŷ Rhufeinig yw hwn?' gofynnodd Catrin.

'Cwestiwn da.' Cododd y dyn waled blastig arall. Ynddi roedd darnau o lestri. 'Mae'r llestri hyn yn dyddio o oes y Rhufeiniaid,' meddai.

Rholiodd Dafydd ei lygaid mewn rhyfeddod a chwarddodd yr archaeolegydd.

'Diolch yn fawr iawn am eu dangos i ni,' meddai Wncwl Harri. 'Ac mae'n ddrwg gen i fod Benja wedi bod yn niwsans.'

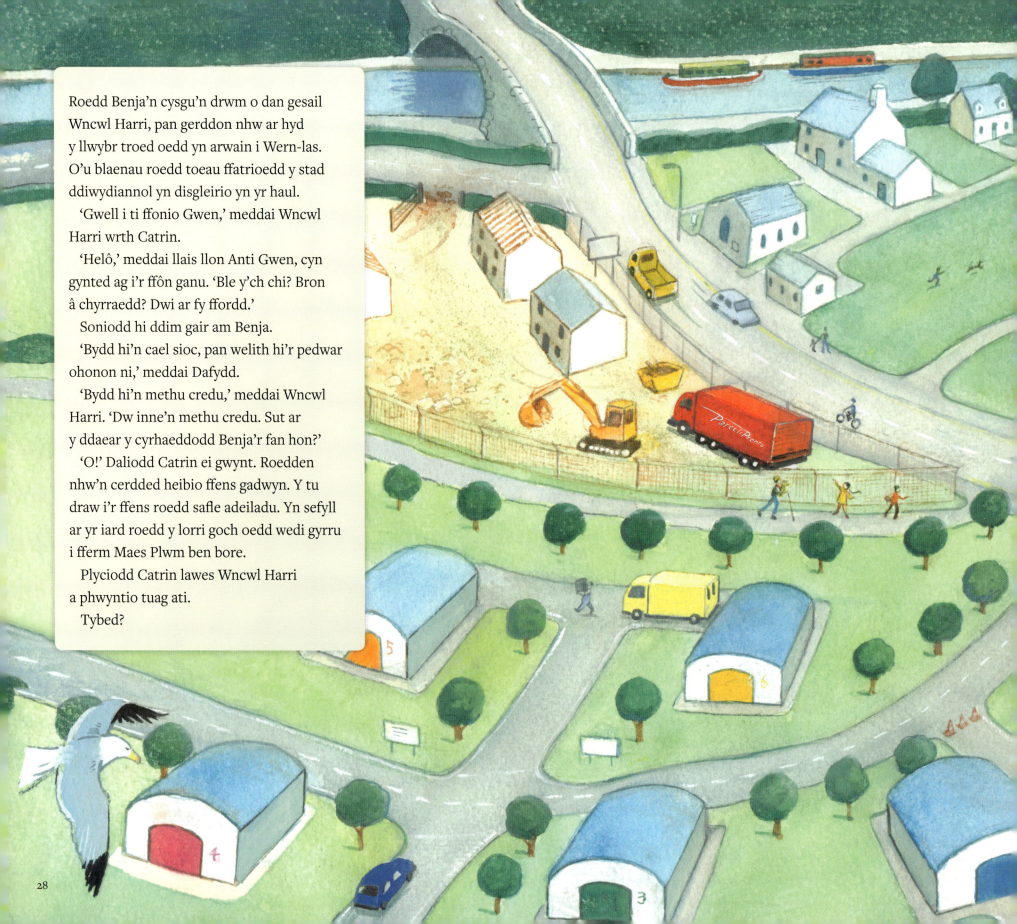

Roedd Benja'n cysgu'n drwm o dan gesail Wncwl Harri, pan gerddon nhw ar hyd y llwybr troed oedd yn arwain i Wern-las. O'u blaenau roedd toeau ffatrioedd y stad ddiwydiannol yn disgleirio yn yr haul.

'Gwell i ti ffonio Gwen,' meddai Wncwl Harri wrth Catrin.

'Helô,' meddai llais llon Anti Gwen, cyn gynted ag i'r ffôn ganu. 'Ble y'ch chi? Bron â chyrraedd? Dwi ar fy ffordd.'

Soniodd hi ddim gair am Benja.

'Bydd hi'n cael sioc, pan welith hi'r pedwar ohonon ni,' meddai Dafydd.

'Bydd hi'n methu credu,' meddai Wncwl Harri. 'Dw inne'n methu credu. Sut ar y ddaear y cyrhaeddodd Benja'r fan hon?'

'O!' Daliodd Catrin ei gwynt. Roedden nhw'n cerdded heibio ffens gadwyn. Y tu draw i'r ffens roedd safle adeiladu. Yn sefyll ar yr iard roedd y lorri goch oedd wedi gyrru i fferm Maes Plwm ben bore.

Plyciodd Catrin lawes Wncwl Harri a phwyntio tuag ati.

Tybed?

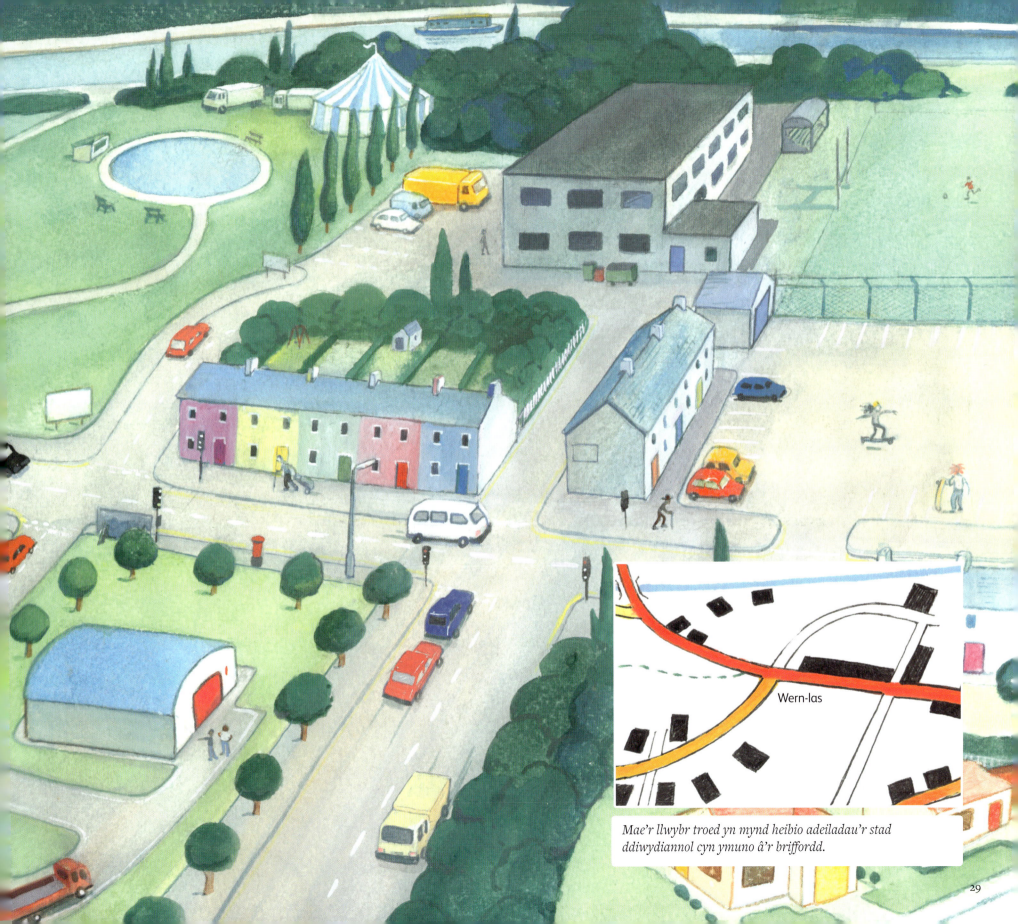

Wern-las

Mae'r llwybr troed yn mynd heibio adeiladau'r stad ddiwydiannol cyn ymuno â'r briffordd.

29

Roedd Anti Gwen wedi trefnu i gwrdd â nhw yn y maes parcio canolog.

'Ar ôl cyrraedd yr hewl fawr, rhaid i ni droi i'r dde, yna i'r chwith heibio'r amgueddfa,' meddai Dafydd.

Wrth fynd tuag at yr orsaf betrol, fe welson nhw gar Anti Gwen yn gyrru rownd y gylchfan. Erbyn iddyn nhw gyrraedd y maes parcio, roedd hi'n eistedd ar y wal yn ymyl y car.

'Anti Gwen!'

Trodd Anti Gwen a'u gweld. Agorodd ei llygaid led y pen, a neidiodd ar ei thraed.

'Benja!' gwaeddodd. 'Benja bach!'

Gwnaeth Benja sŵn bach cysurus ac ysgwyd ei gynffon yn ddiog.

'Ond pam mae Benja gyda chi?' gofynnodd Anti Gwen mewn cyffro.

'Anti Gwen!' meddai Catrin a Dafydd i'w thawelu. 'Ry'n ni'n meddwl bod Benja wedi dod yma yng ngefn lorri.'

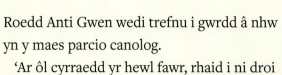

Parc y Deri

Mae symbolau'n dangos lleoliad yr amgueddfa a'r maes parcio. I'r dwyrain o'r maes parcio, mae parc y dref.

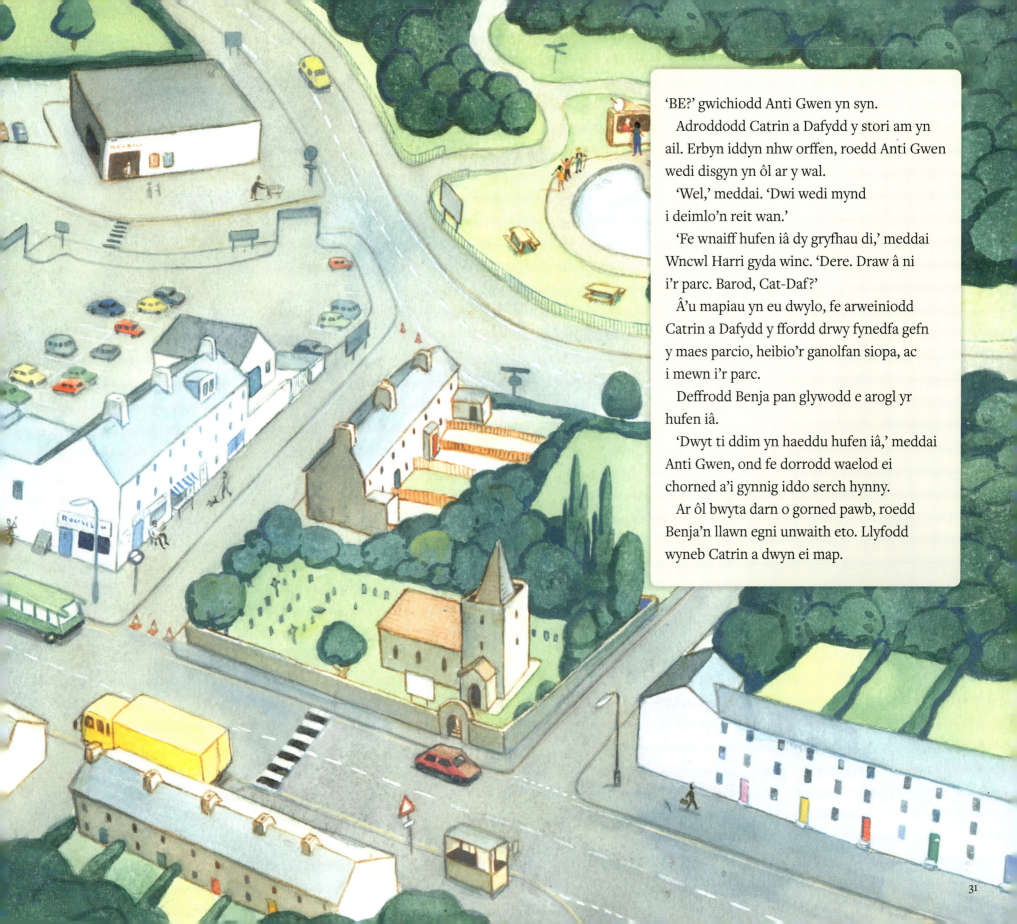

'BE?' gwichiodd Anti Gwen yn syn.

Adroddodd Catrin a Dafydd y stori am yn
ail. Erbyn iddyn nhw orffen, roedd Anti Gwen
wedi disgyn yn ôl ar y wal.

'Wel,' meddai. 'Dwi wedi mynd
i deimlo'n reit wan.'

'Fe wnaiff hufen iâ dy gryfhau di,' meddai
Wncwl Harri gyda winc. 'Dere. Draw â ni
i'r parc. Barod, Cat-Daf?'

Â'u mapiau yn eu dwylo, fe arweiniodd
Catrin a Dafydd y ffordd drwy fynedfa gefn
y maes parcio, heibio'r ganolfan siopa, ac
i mewn i'r parc.

Deffrodd Benja pan glywodd e arogl yr
hufen iâ.

'Dwyt ti ddim yn haeddu hufen iâ,' meddai
Anti Gwen, ond fe dorrodd waelod ei
chorned a'i gynnig iddo serch hynny.

Ar ôl bwyta darn o gorned pawb, roedd
Benja'n llawn egni unwaith eto. Llyfodd
wyneb Catrin a dwyn ei map.

Taenodd Dafydd ei fap ar y bwrdd,
a thynnu'i fys ar hyd y llwybr a ddilynodd
Catrin, Wncwl Harri ac yntau. Tynnodd ei fys
dros y llwybr ddilynodd Anti Gwen hefyd.
 'Ond sut wnest ti, Benja, gyrraedd y dref?'
gofynnodd Catrin.
 'Iap!' meddai Benja'n ddireidus.
 Camp i bawb i ddyfalu!

Argraffiad cyntaf: 2015

© testun Siân Lewis
© lluniau Peter Stevenson
© symbolau'r mapiau Yr Arolwg Ordnans

Cafwyd caniatâd penodol gan Yr Adran Ordnans
i ddefnyddio'u symbolau at ddiben y gyfrol hon.

Ysbrydolwyd y syniad am y stori hon gan lyfr hardd Ronald Lampitt,
The Map that came to Life, 1948.

Cyhoeddwyr: Gwasg Carreg Gwalch

12 Iard yr Orsaf, Llanrwst, Conwy, LL26 0EH.
Ffôn: 01492 642031
e-bost: llyfrau@carreg-gwalch.com
lle ar y we: www.carreg-gwalch.com

Rhif rhyngwladol: 978-1-84527-441-2
Mae'r cyhoeddwyr yn cydnabod cefnogaeth ariannol
Cyngor Llyfrau Cymru

Dylunio: Elgan Griffiths

Argraffwyd gan Wasg Cambrian, Aberystwyth